Tudo nela é de se amar

LUCIENE NASCIMENTO

Tudo nela é de se amar

A pele que habito e outros
poemas sobre a jornada
da mulher negra

Copyright © 2021 Luciene da Conceição Nascimento
Todos os direitos reservados. Nenhuma parte deste livro pode ser utilizada ou reproduzida por quaisquer meios existentes sem autorização por escrito dos editores.

Edição: Pascoal Soto

Coordenação editorial: Alice Dias

Revisão: Ana Grillo, Hermínia Totti e Luis Américo Costa

Capa, projeto gráfico e diagramação: Juliana Montenegro

Ilustrações de capa e miolo: aquarelas de Mariana Sguilla

Impressão e acabamento: Bartira Gráfica

CIP-BRASIL. CATALOGAÇÃO NA PUBLICAÇÃO
SINDICATO NACIONAL DOS EDITORES DE LIVROS, RJ

N196t

    Nascimento, Luciene
        Tudo nela é de se amar / Luciene Nascimento. - 1. ed. - Rio de Janeiro : Estação Brasil, 2021.
        144 p. : il. ; 21 cm.

    ISBN 978-65-5733-006-7

    1. Poesia brasileira. I. Título.

21-68738   CDD: 869.1
                                                    CDU: 82-1(81)

Leandra Felix da Cruz Candido - Bibliotecária - CRB-7/6135

Todos os direitos reservados, no Brasil,
por GMT Editores Ltda.
Rua Voluntários da Pátria, 45 – Gr. 1.404 – Botafogo
22270-000 – Rio de Janeiro – RJ
Tel.: (21) 2538-4100 – Fax: (21) 2286-9244
E-mail: atendimento@sextante.com.br
www.sextante.com.br

Para José Arcanjo, meu pai, que me inspira em sua brandura e de quem herdei o tato com a língua. Para Maria Lucia, minha mãe, cujos gestos fartos de amor e cuidado procuro copiar. Para Danilo, meu irmão, que me ensina sobre a liberdade de sentir profundamente.

E para Quatis, meu solo e perspectiva.

Já que deles sou síntese.

SUMÁRIO

Prefácio 9

De dentro 13
Tudo nela é de se amar 19
Pressentimento 30
Jardim secreto 31
Cidadezinha a minha 32
Conceição 34
Neguinha metida 35
Pertencer 36
Não existe senhora preta sem história triste pra contar 38
Prótese 45
Auxiliar de serviços gerais 48

Para fora 51
Cabelo 61
Modo de preparo 62
Travesseiro 67
Água corrente 68
Sobre lugares e encontros 76
Jongo 78
Avoada 80

Preta branca 81

Sociedade é construção (e o racismo é o cimento) 86

Cotidiano 92

Dinheiro 93

Nota 97

Testemunhas 101

Sola 102

Papiro 103

Soneto da prece contra a preguiça 105

Acordeto de inspiração 106

Poema de ônibus vendo pela janela a chuva de
molhar meia dentro do tênis 109

Agostosetembroutubro 110

Lucidez 115

A escrita com amor 124

Espelho 126

Copo 129

Cenário 132

Taciturna 133

Contrária 134

O instituto do amor 137

Feira 138

Pôr do sol 140

Oração das três Marias ou Ladainha da senhora de si 142

PREFÁCIO

Luciene Nascimento é uma explosão em forma de poesia. Foi exatamente o que percebi quando, pela primeira vez, tive contato com a sua forma de compreender a identidade. Com especial talento, Luciene como que recolhe palavras que andam soltas por aí e as ressignifica, explicando, de forma terna e contundente, toda uma existência.

Foi assim que a encontrei, desavisadamente, quando assisti a um vídeo seu. Procurava alguma coisa pra fugir do tédio e das angústias do dia a dia e deparei com Luciene e seu black pro alto, tendo um cartaz de um evento do coletivo negro da Universidade Federal Fluminense atrás de si num vídeo com o seguinte título: "Tudo nela é de se amar". A advogada e poetisa já começava dizendo: "Eu ouvi recentemente que sou da Geração Tombamento..."

Já não sei quantas vezes assisti ao vídeo... Fiquei a me perguntar quem era aquela grande poeta que até então eu não conhecia. Como era possível?

Fui atrás de outros vídeos e encontrei Luciene a tratar de temas diversos, sempre numa cadência tão peculiar! A sua maneira de abordar os temas guardava alguma semelhança com vários outros textos que eu conhecia e que buscavam explicar o movimento e os debates raciais da atualidade. Ali estavam as questões relacionadas à autoestima, à formação de identidade, à necessidade de se posicionar ou não, à saúde mental... No entanto, tudo isso vinha impregnado de algo inédito, absolutamente novo: a voz de Luciene. A poesia da moça falava sobre tudo que estava mobilizando a sociedade, mas de um outro jeito e com muita propriedade.

O resultado é que virei seu fã. Comecei a citá-la sempre que podia e botei um trecho de um poema seu no meu livro, *Na minha pele*. Até que, felizmente, um dia eu a conheci e pude perceber que, também pessoalmente, ela era vibrante, interessada, inteligente, perspicaz.

Que bom que vocês terão contato com as palavras de Luciene. Ela ajuda a criar caminhos.

Boa leitura!

Lázaro Ramos

De dentro

Uma fotografia de fundo amarelo há exatos seis anos foi capaz de me atirar numa experiência de imersão poderosa. Naquele dia, passava distraída os olhos pelas imagens na internet, e a vida me colocou diante daquela cuja existência me atravessa profundamente até hoje.

A mulher retratada me encarava serena, como se tivesse o hábito de fazer aquilo, de parar e impactar o passeio dos olhos de quem a flagra. Ela tinha o corpo virado para a esquerda, mas a cabeça atenta ao foco da lente. O queixo sobre o ombro. A pele retinta de subtom frio, as maçãs do rosto protuberantes, ressaltando as áreas sombreadas da pele. Os olhos denotavam firmeza, paz e convite. O cabelo crespo e curto no topo da cabeça. Os braços, um deles em primeiro plano, me lembravam os braços de minha mãe e também os meus. Músculos criando ondas sutis sob a pele. Os lábios, como carnes, de tom roxo e rosa velho. O contraste dela toda marrom-cacau amargo com o amarelo ocre do fundo. A gentileza de estar tão parada a ponto de me permitir prestar atenção em tudo isso. A beleza é um fenômeno avassalador.

Quis escrever sobre ela. Sobre a pele que compunha o contorno do seu rosto. Os músculos daqueles braços, como se pareciam com os meus... Os cabelos, então, pensei que, se ela tocasse neles, assim como nos meus, os dedos se emaranhariam e não sairiam com pressa. E tudo ali me dava a entender que aquela mulher tinha uma história semelhante à minha, uma vez que nos parecíamos de alguma forma. Isso era raro. Se ela era linda, também éramos minha mãe e eu. Eu ser linda exatamente como estava, sem retoques ou esforços, diante dela, era uma recente, transformadora e poderosa descoberta. A beleza é um fenômeno avassalador.

Tudo nela é de se amar é uma biografia borboleta. Palavras escritas e não ditas que caminharam ao meu lado ao longo de anos e que saíram do casulo naquela tarde. O texto faz referência a um período de descobertas difíceis, de escrita lenta, assentando no papel o trabalho amigável do tempo, cada mês um bocadinho sem pretender a si mesmo como poesia. Foi sendo disposto ali, conforme a vida.

O trecho que descreve aquela em que tudo é amável foi feito em homenagem a essa mulher do retrato, e dali em diante a escrita daquela sensação passou a ser sobre quanto tínhamos em comum, dando corpo às reflexões tecidas a partir disso.

TUDO NELA É DE SE AMAR

Eu ouvi recentemente que sou da "Geração Tombamento":
preta, pobre, consciente
que carrega esteticamente
a cura pro próprio tormento.
Meu tormento não nasceu comigo, me lembro de senti-lo bem no colégio, de os meninos me revelarem que amor-próprio era privilégio.
Meu amor-próprio foi construído, demorei, mas aprendi e aos dezoito concluído: meu padrão não é daqui.
E quis lançar aos quatro ventos, pendurar uma faixa amarela, quando eu via uma pretinha triste, escrevia e dizia para ela que tudo nela é de se amar. Tudo.

O modo como os músculos dos braços protuberam.
A pele que contorna a carne do rosto, iluminando e escurecendo onde quer. Tudo.

O cabelo que trava os dedos na hora de acarinhar,
que é como se dissesse: se eu te permiti tocar
    tão profundo, então pode permanecer entre
    os meus fios.
A forma como enfrenta a vida, tudo nela
    é de se amar. A pele preta já vem do ventre
    tatuada inteira de história, que é a memória
    ancestral retratada na forma do nariz,
    na forma como lida, como fala, como luta
    e como cala, porque luta até no silêncio
    dos lábios mordíveis,
mastigando qualquer coisa, quando repara
    e se envergonha,
o sorriso que contrasta.
O tanto de amor que ela já sabe que vai precisar
    ensinar aos filhos, ela já guarda em cada maçã
    do rosto.
Tudo nela é de se amar.
É que se se considerar que esse fio forte surgiu
    de dentro da cabeça dela,
deve-se supor que o que há dentro dela
    não é fraqueza.

E que, se aparenta fraqueza, é porque ainda não
 lhe oportunizaram a reconciliação consigo,
 porque "a sua natureza é a de ser forte".
Quando os olhos vão ao espelho e, diferente
 dos olhos dos outros, os seus enxergam
 a força da raiz,
ela encontra a liberdade de se amar.
E nisso há tanta beleza.
A descoberta de si depois de crescida energiza
 o corpo
que urge recuperar o tempo perdido de se amar.
E aí descobre finalmente,
antes tarde do que nunca, que tudo nela
 é de se amar.

E aí, naquele Enem, caiu Beauvoir,
 Simone de Beauvoir, pudera!
Eu, no nono período de Direito,
 não sabia quem era.
Eu tentava curar esse vazio de formação
 acadêmica

ou tentava curar minhas pretas da falta de amor
 epidêmica? Mas, além de preta, ser burra?
 Não. Vamos correr atrás.
Mulher tem que ser inteligente. Mulher preta
 muito mais! Mas a gente abre o livro
 de história e nada ali satisfaz.
Não tem nenhum livro que diz
que, pra uma preta, estudar feminismo
 pode ser uma tarefa infeliz.
Enquanto as brancas lutavam sem medo pelo
 direito de trabalhar por elas,
nossas bisas acordavam cedo
e passavam as roupas delas,
cozinhavam as comidas delas, lustravam
 os móveis delas
e cuidavam das crianças delas.
No feminismo acadêmico, um mar de onde
 me levou... A sufragista veio firme,
 mas a minha bisavó não votou. E até hoje
 eu me confundo, tentando entender a treta:

Não votou porque era mulher ou não votou
porque era preta? Na academia ou fora dela,
que ao menos tenhamos sorte.
Todas sonhamos "um tempo em que não
tenhamos que ser tão fortes". Três anos atrás,
o mercado olhava para ela e dizia:
Olha, lamentamos.
Base pra você não fabricamos, pó pra você não
inventamos,
no entanto lamentamos muito, decepcionar não
é o intuito.
Põe lá seu aplique, faz lá sua trança,
que o nosso produto a sua beleza não alcança.
Talvez algum dia nesses critérios
alguém mexa,
por enquanto passe aí seu batom velho
na bochecha.
A Natura, Avon, ou qualquer outro
serviço análogo,
obviamente não trazia você no catálogo.

E se tinha umazinha lá, nossa! Agradeça!
Te representamos. Mas, se achou pouco, não
se esqueça, lamentamos.
Existe uma distância enorme entre lamento
e atitude.
Porque é inocente mas maldoso o discurso que
ilude e diz:
a pele dela já é tão boa que não precisa de
maquiagem. Caramba!
Há milhas entre a vontade de querer mudar alguma
coisa e essa bobagem.
Pois, enquanto essa fala apenas admira o abismo, o
meu orgulho estético semeia.
"Porque não dá para enfrentar o racismo quando
você ainda se odeia."
E semeia de verdade, pra colher no final.
Como eu explico a minha alegria em ver uma
preta num comercial? Como eu explico a
minha alegria em ver uma base num tom
ideal? Um esmalte nude real?

Como eu explico a sutileza e amplitude
   dessa demanda,
porque eu quero que tudo mude, mas a curtos
   passos tudo anda. E calhou de eu ter
   consciência disso tudo agora, nesse tempo.
Olha a responsabilidade: era a única preta da
   turma, Federal a universidade,
ou seja, tudo que aprender aí, trate de devolver
   à sociedade.
É só olhar esta festa VIP que são as Federais,
Que, se tivesse mais preto aqui, ia parecer
   que tem preto demais.
De palestra em palestra precisam ser lembrados
que o racismo existe. E ficam todos chocados
   porque o racismo é um crime perfeito que
   só a vítima vê.
E quando se vê insatisfeita e não guarda mais
   pra si, vira ela a própria suspeita,
     acusada de mimimi.
E a gente se sente meio otário
   por ter feito barulho.

Retirar a negritude do armário
    ainda é visto como esbulho.
E a gente ajunta adversário porque
    vive com orgulho.
"O bagulho é louco e é necessário ser
    mais louco que o bagulho."
Porque vem chegando o dia 20,
    o dia da consciência de que radical
    é o militante cansado de ter paciência.
Mas a gente tenta, porque na prática
    o método aperfeiçoa
A gente vem falando rimando pra ver
    se não magoa.
Mas se vocês ainda estão escutando
    é porque a gente não fala à toa.

Essa construção faz referência aos versos de Emicida em "Mãe": "O Sonho é um tempo onde as mina não tenha que ser tão forte", e de Tati Quebra Barraco: "O bagulho é doido mas às vezes precisamos ser mais doido que o bagulho."

"Eu ouvi recentemente" agora é uma memória que conta alguns anos, mas ter escutado de alguém que me via como parte de um movimento específico me fez refletir sobre como minha imagem era percebida. O que compartilho, e que há anos me movimenta e me leva a escrever, faz companhia à imagem para explicar junto dela o que sinto, e que não sinto sozinha. Ao longo da história, expressamos de todas as maneiras possíveis, inclusive na estética, a consciência de uma dignidade própria, ressignificando as marcas de um racismo que leva ao massacre da autoestima, com consequências diretas no corpo, mas não apenas nele. Por tudo isso, os processos psíquicos de tomada de consciência transparecem na imagem de quem trilha uma verdadeira jornada em busca da própria essência.

Através da escrita despretensiosa sobre a descoberta de existir sem precisar sentir vergonha das emanações mais sinceras de mim, o tempo revelou que colocar a palavra no mundo permite, mais que a mera existência, o reconhecimento da legitimidade desta e a identificação de uma comunidade, gerando a magia de encontrar, como quem convoca a levantar os braços no meio da multidão, outras tantas e tantos que vibram na mesma sintonia.

PRESSENTIMENTO

Um dia vou escrever um livro
que fale de amor e poesia
e que tudo de mais lindo neste mundo
caiba em suas páginas.
Quero fazer pousar sobre as folhas
uma leveza de sentidos
que se mescle aos seus
e quando você o estiver lendo
carregado pelos pensamentos do dia,
já curvado pelas cargas da vida,
vai sentir o gosto da fragrância
de toda aquela pureza tão leve
e vai voar.

JARDIM SECRETO

A menina que escrevia
morava num jardim secreto
onde a flora assumia
cor e formato incerto,
mas que a menina conseguia,
com um dom muito discreto,
interpretar com todo afeto
e transformar em poesia.

Os passos nesta corda de equilíbrio entre o endurecimento e a ternura, aprendi a dar ao longo dos testes da vida na pacata rotina da cidade de 14 mil habitantes no interior do estado do Rio de Janeiro onde nasci. O interior tem a face mucosa, escorregadia entre o pitoresco e o agressivo sonso, que me lambe a história inteira.

CIDADEZINHA A MINHA

A porta não se tranque
o bolo, a vizinha quer
o troco não se confira
a rua foi feita pra andar no meio
o personagem da rua é o eu
o carro um mero acaso
vindo do lugar onde
ensinaram
as caixas
a girar
minha nota
de cinquenta.
Eta, que audácia, meu Deus!

———————

Branda, persistente, solvida e amarga é a força que aperta um corpo preto contra a vida, esperando que o suco dos espremidos seja doce como o mel de um apiário local. Costumava também achar que seria sempre assim, com sorriso no rosto pra tudo, até que em determinado momento da vida passa a descer entre o suco exaustivamente moído o azedo de casca (o fruto daqui tem seu limite), e, como uma bênção confusa, desce também lentamente a compreensão sobre os emaranhados da vida. De "moreninha que mora ali" a "neguinha metida", o tempo passa voando. E foi sendo assim, tendo eu, nesse meio-tempo, tomado a decisão de viver entre o poético e o patético gesto de escrever sobre a dor com ternura.

CONCEIÇÃO

Nasci Conceição no interior,
tenho por aqui
a ótica astuta de um Rio bastidor
da típica disputa entre a chuva e o calor
que anuncia dezembro
com acerola no pé do bem-vindo verão.
Deste sangue nobre
recebi a missão:
Nasceu Conceição,
que o sorriso redobre
que no rosto ponha
que ninguém controle.
E esse nome de pobre
de que antes tinha vergonha
que agora sonhe
em passar pra prole.

NEGUINHA METIDA

Neguinha metida
costuma ser aquela mulher
que não passa despercebida
porque não está no ambiente
para servir,
não ri de piada ruim
só pra não fazer desfeita
e sabe a quem pertence
o próprio nariz.

PERTENCER

do latim *pertinescere*
"se dispor a ser parte de",
"parte do domínio de algo",
"em algum lugar caber"
Isso explica que ser parte ameaça ser inteiro
Este ser que não pertence e não tenta pertencer
Prioriza ser inteira contra a ideia de ser parte
Aliada às suas raízes, tece seu próprio lugar
Toda a vida coube em nada
transbordar é sua arte
seu lugar é em si mesma
seu destino é desaguar.

───────

Há cerca de dez anos, na antiga rodoviária de Quatis (que nada mais era que uma espécie de loja vazia com um guichê e um relógio de parede), uma senhora sentou-se ao meu lado enquanto eu esperava o ônibus. Não havia nada mais rotineiro que dividir um assento na rodoviária ao esperar o ônibus, mas, lembro de forma nítida, ela me atraiu a atenção de maneira específica. O impulso foi o de, mansamente, pegar um papel para registrar o que sentia, e hoje não sei mais onde foi parar esse papel, mas escrevi na hora, não podia perdê-la. Fiquei ali sentindo, redigindo, olhando-a sem fitar diretamente, só assim, de cantinho.

Ela comia com vontade um doce de amendoim quando me perguntou a que horas o ônibus passava. Era velha. Usava saia. Se tinha filhos, não sei. Unhas, sandálias, mãos levando o doce à boca. Pra onde ela ia, depois que o ônibus a deixasse lá? Tinha dinheiro pra comprar muitos outros doces de amendoim? Tinha alegrias? Alergias? Dançava forró como tantas outras senhoras daqui? Varria? Sorria? Escrevi sobre tudo, mas devia ter perguntado a ela. Acabou se tornando, sem que tivesse planejado isso, minha musa inspiradora de poesias. Inspiradora das bênçãos que eu passei a pedir a senhoras e senhores desconhecidos. Inspiradora de me fazer olhar com mais atenção as outras senhoras que passassem por mim.

NÃO EXISTE SENHORA PRETA
SEM HISTÓRIA TRISTE PRA CONTAR

Não existe senhora preta sem história triste
    pra contar.
É por isso que quando passo ao lado de uma
Nas ruas movimentadas da avenida Joaquim Leite
A calçada ali da rodoviária em diante
Onde se cruzam vidas dos bairros adjacentes,
Caminhando lentas ou apressadas,
Todas
Essas
Vidas
À minha frente

Exatamente quando quero passar
sempre com pressa
Ceifa a minha paz o momento
Que a vista alcança de repente
Uma senhora preta caminhando mais lenta
    que eu.
Quantas vezes já parei pra refletir

Que os seus passos são pesados, quase sempre
Esparramados os dedos na sandália sempre gasta
De unhas grossas e esmaltes por tirar.
Por onde passaram esses pés?
Quanta sola já foi gasta
Quanto a pé já não andou
Quanto aperto não passaram esses pés
Pra que o luxo dos sapatos novos fosse dado
    somente aos tantos filhos
E quantos, seus filhos?
Qual deles ainda lhe faz a gentileza de cortar as
    suas unhas,
Quanto pescoço e pé de galinha comeu, fingindo
    que gosta
Pra deixar as outras partes do ensopado a quem
    mais ama.
Ninguém gosta de pescoço de galinha, senhora.
E enquanto caminha no sol
Por ser calor sua pele sua, e a toalha de mão
    arrasta naquela testa
O que pensa aquela testa?
Quanto de pensamento não esquentou aquela
    testa

Além do sol
Esse suor que toca salgado a raiz do cabelo na
    testa
Quem ainda te alisa o cabelo?
Quem ainda te obriga a fazer isso? Quanta ordem
    esse cabelo recebeu
Quanto tempo de sua vida ali, em frente ao
    espelho, infeliz com ele.
Onde deita essa cabeça, senhora? E quando deita,
    qual o teto que enxerga
Até adormecer?
O que sonhou essa cabeça?
Quanta inteligência nessa cabeça, a do cozinhar,
    do costurar,
A do resolver tudo por conta própria
Foi substituída pela vergonha
do não saber como ensinam nas escolas
do não saber falar. Quanta timidez, senhora, por
    não saber falar
Quanta vergonha sob essa testa que a toalha
    de mão arrasta
Foi obrigada a passar

Eu vejo uma dor que é suada e seca, como se,
    mesmo em chorando, essa senhora preta
    nunca tivesse sentido pena de si, do jeito que
    a gente chora. Quanta pena de mim eu já
    senti por perder um ônibus na minha pressa.
    Quanta pena de si ela deixou de ter por não
    ter podido mesmo se dar a esse luxo. Quanto
    choro silencioso e seco já chorou nesses seus
    70, 60, 68 anos, 80.
Quanta simplicidade contemplou como
    se ouro fosse
Quanta alegria te deu a laje pronta
A festa que a filha foi de sandália nova
Porque a sua já tão gasta ainda aguenta
    esse passo firme
Em direção a quem caminham esses pés?
Qual o seu desejo pra hoje, senhora?
É que seus filhos sejam felizes?
É que tenha lugar na condução?
Qual o seu lugar, senhora? Explica
Porque me entristece a injustiça dos que não
    te enxergam aqui passando, majestosa.

Onde puseram seu trono, senhora?
E de repente já terminei aquela rua e aquela
 senhora já caminhou pra não sei onde
E aquela energia pendente como rastro no
 caminho
me faz indagar coisas como:
Quem cortará minhas unhas quando eu for
 senhora?
Quanto ainda caminharei até encontrar meu
 trono?

"Quem é mais novo não tem noção de como temos sorte por termos os dentes." Essa frase me foi dita por um amigo e professor logo depois de alguém de belos dentes sorrir na nossa direção. Ele me disse isso referindo-se literalmente aos nossos dentes, sem metáfora. Obturados, reorganizados por órteses, preenchidos por um canal... Homem de meia-idade, experiente e observador, negro como eu, fazia sínteses, com base na sua vivência, sobre coisas da vida a respeito das quais a gente, que chegou agora, normalmente não está habituada a pensar. "Hoje em dia a gente costuma manter os dentes na boca ou consertar."

Fiquei a refletir sobre a boca, a coxia da palavra. Gruta que tem nascente de água e que tem céu... a boca como fronteira entre o externo e o interno, sentinela tradutora. Fiquei a pensar na boca no trajeto de nossa gente desde lá até aqui. Boca cheia de dente branco, cheia de cantigas e ao mesmo tempo, por ordem do sequestrador, cheia de ausência de palavra. Boca sentindo na língua o amargo da vida. Boca seca. O tempo da cana, o tempo da cárie, o castigo do arranque, o dente limado. Dor de dente pulsando na cabeça, madrugada, solidão, incômodo sem conserto. Tantos homens e mulheres em tantas madrugadas em todas as regiões, em toda a história da diáspora detidos do uso pleno da potência da boca.

De quantas maneiras é possível calar um povo?

PRÓTESE

Boca de gente velha
memória do que falou e do que comeu
memória das benças que tomou e deu
dos silêncios e dos risos desalinhados
língua rosada, céu da boca de plástico
o som que faz quando mastiga
na lembrança cavuca de volta
o dia de arrancar o cálcio deteriorado
restavam alguns, não sorria mais.
Idade da beleza, mas não a sua,
ali a vida morria um pouco
na gruta íntima de suas mucosas.
Dor e vergonha eram companhias.
A arcada inteira era puxada
pra fora do corpo ao dispor do alicate,
quem fazia força tinha a mão pesada
como se atravessasse a carne
de um animal. Estava feito.
Cheiro do sangue da violação.
Um vazio completo por dentro
da boca.

Mede o plástico, encaixa.

Sorri estranho pro espelho velho

e não se reconhece.

Todos vão notar.

Sente as bordas invasivas

rasgarem a gengiva nos primeiros dias,

mas logo cicatriza e não sente nada,

acostuma com tudo que corta a carne.

A boca aprende o lacre educado

do medo de escorregar

quando for comer

quando for beijar.

Recolhe o silêncio e toma pra si

acostuma com tudo que corta a carne

com o rosa-claro e o amarelo

da prótese parcelada

no protético que refez os dentes

de todos os seus irmãos.

Lentes de contato

para bocas insatisfeitas

custam em média o salário

de dez anos de trabalho

de um senhor ou senhora preta.

A beleza é branca e reluz
na boca falante fotografada.
Explicam-me o injusto da vida
as bocas que não falam nada.

AUXILIAR DE SERVIÇOS GERAIS

Tia da limpeza por ousadia deles
porque se sobrinhos meus fossem
eu os levaria para passar as férias de dezembro
no meu quintal
para que colhessem os cajás e as acerolas
antes de caírem maduros,
frutas não são sujeira, mas "caem no chão sem
    querer".
Quando fossem comigo ao supermercado,
colocassem no carrinho o iogurte e as uvas,
eu tirasse na mesma hora e os olhasse nos olhos.
Não dá pra pagar isso.
Quando passássemos no banco e eu sacasse
    a metade
e os sobrinhos perguntassem
"Por que não tudo, tia?",
eu explicaria que o que fica é pra pagar
    o empréstimo
feito há três anos,

porque os juros crescem e a obra na varanda
  era um sonho,
é com orgulho que o trabalho sustenta
  um sonho.
Explicaria tudo bem devagar,
olhando nos olhos
enquanto os olhos deles se perdessem
na contemplação mental de suas contas
  bancárias.
Tudo que lhes fosse explicado deveria ser
  exatamente assim, olhando nos olhos,
em expiação do pecado cotidiano dos sobrinhos
que não olharam nos meus
durante a rotina corrida.
Eles que tinham o dever
de não dar o azar na vida
de terminar sendo
  aquele cujo trabalho
ninguém quer fazer.

Para fora

O conjunto de reflexões que teço a seguir parte de uma provocação de rotina feita por minha avó, que hoje, mesmo aos 85 anos e com problemas frequentes de memória, não deixa de lado o velho hábito de me cutucar com vara curta.

Nunca fomos muito próximas, eu e Dona Maria Joana, mãe de minha mãe; mais precisamente 122 quilômetros de distância geográfica (ela é carioca da gema, do bairro de Campo Grande, Rio de Janeiro) e algumas distâncias ideológicas de nossos tempos, que, quando muito pegadas, são difíceis de transpor.

Nosso contato, depois de crescida, se dava

nas visitas próprias de datas comemorativas, em que a família se reunia por três a seis dias, durante os quais, nas pequenas conversas que tínhamos, eu recebia dela algumas observações sobre meus amigos, meu corpo, meu cabelo, ao lado das lembranças sobre meu choro estridente e meus desmaios com chá de camomila quando bebê. Nasci no aniversário dela, 24 de junho (o presente dela, como me dizia), e estudei a possibilidade de haver umas questões decorrentes dos signos, cancerianas invocadas. Mas não sei o que é até hoje, e já pouco importa a esta altura.

Com o passar dos anos, a cada visita ela aparentava mesmo estar um tanto mais velha e, no que é próprio do avançar da idade, precisei falar mais alto, ter paciência de ouvir a mesma coisa algumas vezes e responder às mesmas perguntas.

Uma situação desse tipo ocorreu recentemente: após me encarar por alguns longos segundos enquanto eu comia, ela tratou de disparar aquela máxima com a qual eu já estava habituada a lidar:

– Você não alisa esse cabelo?

– Não, vó.

– Oi?

– NÃO, VÓ!

– Não, né?

– NÃO!

E para que os "nãos" não saíssem na pior sonoridade, depois de serem gritados, preciso completar o diálogo com alguma frase que, inevitavelmente, prolonga a conversa:

– Gosto dele assim.

E, como bem fazem as avós, ela, absorvida pela ação da própria mente, passa a olhar profundamente para um nada, que é como se também olhasse fundo para dentro de si, e inicia em voz baixa a narrativa de seu livro pessoal. Livro pesado, empoeirado, cujos capítulos, às vezes, se a gente der sorte, podem estar sendo reabertos pela primeira vez.

"Alisei muito cabelo das mulheres, muito... trabalhei demais. Modelava. Lá mesmo em casa, para ajudar a botar comida no prato. Nunca deixei faltar o que comer para meus filhos. E nunca dei meus filhos pros outros. Quando a coisa apertava, era assim que a gente se virava, às vezes José não voltava pra casa, deixava os armários vazios, eu não podia deixar meus filhos com fome. Era a placa pendurada no portão e eu trabalhando horas a fio, arrumando o cabelo das que vinham. Dizia: ALISA-SE CABELO. FAZ-SE MARCEL. Conhece Marcel? Aquela tesoura quente que modela o cabelo assim, assim."

Minha avó, ao meu lado na mesa, me recorda bell hooks – escritora e ativista – explicando pacientemente ao mundo a profunda relação que as mulheres de seu tempo possuíam com os rituais de adorno, especialmente o ato de alisar os cabelos, como uma experiência de autocuidado, nos moldes que reconheciam ser possível.

Para a minha avó, a fonte de renda era também um instrumento que entregava àquelas mulheres o passaporte para sentirem-se bem no mundo, elas e seus, antes ruins, agora bons e domados cabelos.

Uma relação marcada pela expectativa da sociedade sobre a estética dessas mulheres, pela expectativa de autoestima dessas mulheres com elas mesmas e pela expectativa da minha avó de dar o que comer aos filhos. Imersa nisso, a relação dela para com a essencialidade desses instrumentos de trabalho não podia ser outra.

"Você não alisa esse cabelo?"

bell hooks, em um artigo chamado "Alisando nosso cabelo", quando fala sobre o cheiro do pente quente misturando-se ao do peixe frito das manhãs de domingo, também encontra esse caminho que busco para explicar sobre quanto nossos sentidos abraçam esses instrumentos.

A lembrança do cheiro, pra mim, é quase tão palpável quanto o toque dos dedos na raiz. Posso ressentir aquela fumaça, aquele calor e o jeito particular que esquentava as orelhas, a testa, a nuca e o coração.

Não há como não romantizar essa memória, posto que era puro encanto e romantismo, como se cada dor, puxão, queimadura valesse a pena. Era o que era preciso para ficar bonita. Qualquer garota em sã consciência de si enquanto ser social queria ficar bonita. E, a depender de como fora socializada, ficar bonita era ficar diferente de como era, porque bonita não seria com seu cabelo naturalmente desgrenhado.

Eis a máxima contradição dos processos de alisamento/relaxamento capilar: é a dor do momento para evitar a dor da vida, e a dor do momento passa a não ser mais dor, mas remédio. Cura. Solução. Passa a ser dor do bem, passa a ser não-dor, massagem que arde, momento esperado, celebração.

Eu me recordava das minhas celebrações, dos dias de alisar/relaxar, da figura mágica impressa na imagem daquela pessoa que passa a química, que manuseia os instrumentos quentes com habilidade. Me dei conta de que essa pessoa, que para mim era a minha mãe, para dezenas de mulheres foi minha avó. E minha mãe carregava muito dessa força nas mãos.

Era isso que ficava guardado num espaço da memória desses mais de 80 anos de vida, o lugarzinho reservado para guardar o significado dos processos que, se hoje eu encaro como os de auto-ódio, não deixavam também, por algum ângulo, de ser processos conturbados de autoamor, que eu também senti, que estão em algum lugar precisando ainda ser refletidos em mim, e que têm aos poucos sido graças a bell hooks e Dona Joana.

CABELO

Deus teceu com novelo negro
a maciez do pelo mais nobre
e enquanto ria de alegria
da beleza que criava,
o corpo todo se bulia
então errava e acertava
dando aos cachos harmonia
olhou pronto e sorriu ainda mais.
– Fiz pra balançar
(e fez assim com a cabeça pra ela ver)
e a menina saiu dançando
    de contente
do presente que ganhou
quis mostrar pra todo mundo
pendurou na cabeça
e balançou.

MODO DE PREPARO

Lave com água corrente

com um objeto pontiagudo

faça a divisão em partes iguais

reserve a metade

junte com raiz e tudo

um pouco de óleo

use o garfo

ou os dedos

mexa bem

sinta o aroma

perceba a textura

depois de pronta

o segredinho da receita

passada de geração em geração

é não servir.

Sempre atentei para a maneira como somos levadas a refletir sobre nossos cabelos. Curiosamente, a certa altura cada um de nós chega à conclusão de que, para tentar começar a mudar a realidade que nos incomoda, é preciso discutir solidão, organização, estratégias, educação básica e superior, vulnerabilidade econômica, psicológica, políticas públicas, afetividade, os atravessamentos da pessoa negra com deficiência, da pessoa idosa, de mães e pais das vítimas do genocídio... No entanto, o que ainda dá pano pra manga nas rodas de conversa entre mulheres negras de que participei até hoje é: o Cabelo.

O assunto Cabelo pulsa como bola quicando, no meio da roda, esperando alguém chutar. E quando chuta, é muito difícil segurar a bola. Todas têm sua história pra contar, e chega a causar aflição ouvir tantos depoimentos que mudam de boca mas não de enredo.

Toda mulher negra que conheço – digo com base numa atenta observação ao longo de alguns anos, e especialmente daquela que passou a entender a profundidade do significado de ser pessoa negra um pouco mais tarde, ou ainda está em processo de compreensão dessa mistura de potência e caos que nos marca a existência no Brasil – se dá conta de que seu cabelo é uma Questão, com "Q" maiúsculo, um elemento de sua identidade sobre o qual refletiu/chorou/se questionou durante boa parte da vida na relação pessoal com a sociedade racista em que está inserida.

Para o bem ou para o mal. Para se sentir salva ou condenada a essa reflexão diária. Para se orgulhar ou se entristecer. Há dores maiores, mas talvez menos perpétuas, porque a raiz sempre cresce para lembrar – e a sociedade sempre se alia pra rejeitar ou sofisticar as exigências.

Desde a trança que repuxa a testa na infância à escolha do penteado para ir à primeira festa na adolescência; da primeira entrevista de emprego formal à aceitação dos fios brancos, ali está ela, na intimidade de seu espelho, recebendo do reflexo uma resposta infeliz.

Algumas pacificaram a questão, outras optaram pelo silêncio como retorno a esse conflito-rotina, consequência da inabilidade da sociedade de lidar com todas as outras questões envolvendo o ser negro, o ser branco, o ser indígena, seus respectivos traços e valores. Um item que continua sendo alvo da depreciação do outro, do desamor, sintoma cheio de dor. E nós, em nossas escolhas diárias, continuamos fazendo nossos esforços para buscar um analgésico para essa sensação penosa.

De todos os remédios possíveis, o que seria de mim sem o analgésico ingerido na rotina de observação daquelas que pacificaram a relação com seu desgrenho impávido, seus *dreads* de forma livre, curtos e longos, seu volume irregular e tranquilo, apesar dos olhares e exigências sociais. Analgésico ajuda a sobreviver.

Remédio em dia, o próximo passo ainda é o desespero por conhecimento para superar a sobrevida e buscar a vida plena, na qual o mal do poder colonial não nos cerceie a liberdade dos traços do corpo. De modo que ao homem negro não se imponha raspar o cabelo para cumprir uma imagem de alinhamento social, como a nenhum homem branco se impõe. De modo que à mulher negra se permita sair de casa para trabalhar com seu longo cabelo natural exatamente como acorda, sem a ordem de maiores reparos contra seu formato livre, como a uma mulher branca se permite ir trabalhar. Ou, melhor ainda, que façamos como genuinamente quisermos, independentemente do referencial.

Sigo desejosa de que nada que diga respeito aos traços naturais do corpo seja elemento de desgosto; que nossos detalhes jamais nos impeçam de avançar nas discussões, não obstante o apego racista espaçoso e astuto aos nossos elementos mais singelos.

TRAVESSEIRO

É lindo, pretinha, curtinho seu cabelo
ele cresce, mas encolhe
e é assim mesmo.
– Mas não balança que nem o dela.
Você tem travesseiro. Sorrio; explico:
No ônibus, quando for dormir
com a cabeça na janela,
é que nem algodão,
sorte a nossa vir assim.
Já sentiu?
Faz assim:
Ponho a mãozinha esquerda dela no meu algodão
e a mãozinha direita dela no algodão dela.
A gente ri.
– Mas não balança, né?
Mas, pretinha, a gente quer coroa mole pra quê?
É firme!
Esse nosso cresce pra cima,
que é pra indicar o tamanho da nossa sorte.
– Grande, até lá no céu?
Até lá no céu.

ÁGUA CORRENTE

Hoje moça; mas, quando menina, brincaram
    dizendo:
começou a andar já correndo.
Dia cheio todo dia,
ela tem tato com o mundo,
É educada e cativa, cuida de tudo,
cuida do mundo, cuida dos rins atenta ao cálculo,
    às contas,
      à passagem,
corrida diária que faz chegar ao destino na
    continha da passagem pela fresta,
seca a testa,
atesta a chegada e, poxa,
corre o dobro, mas no final sempre atrasada,
dá raiva, aceita, a vida é dura,
a chave da vida na mão é pesada,
e quando se alcança a chegada mudam a senha da
    fechadura,
que ódio,
a vida é dura ou a cabeça que é dura,

já não aprende mais nada,

doída da corrida, doída de cansada.

E logo se cobra porque talvez pensem que é falta
    de vontade:

Almeja! Querência! Disputa, mais um pouco,
    suporta, faz força,
        empurra essa porta e o sistema avisa:

mi casa,

sujeita-te

as regras escorrem pelas pernas mês a mês, ainda
    tem isso.

Tem ódio, corre mais um pouco,

aguenta que é forte,

que é norte,

quem te vê, te vê com sorte,

que é reta, esguia, corpuda,

que sustenta,

se lança cansada,

levanta esgotada,

repete até a falha,

migalha de força,

muralha essa moça

se lança novamente, forte em direção,
finalmente, não à frente, mas
surpreendentemente ao chão.

Gente, ela caiu!
Surtou a coitada.
Tinha ódio no peito,
pesou, desmaiada.
Distraída na corrida,
derrubou do bolso o mapa
do sentido de sua vida.

Apática e agora muda
o rosto encostado no solo
talvez precisasse de ajuda,
talvez precisasse de colo.

É nesse momento que apago
que a alma ao passado se lança
rememorando o afago
de um colo ancestral na lembrança...

Já passou, já passou, encoste aqui a cabeça
isso...
shhhh...
passou, meu amor, passou.

Os olhos tentam gravar como câmera lenta
já embaçados de tanto chorar, olham o chão
se concentram no som que se amplifica no eco do
    crânio
da mão que arrasta na cabeça como se arasse em
    solo fértil.

Sentada no chão com a cabeça em seu colo
preciso confessar:
estava cansada, obrigada.
Suas mãos nesse carinho, em denguidacho
são como cura humanizada, antiga reza
pois o lugar em que me encontro é onde me acho
e teu afago leva embora o que me pesa
no seu colo deposito meu cansaço
é a sensação do banho quente em dia frio
sinto essas mãos entre o conforto e o arrepio
e na cadência do carinho eu me refaço.

E a voz antiga que ecoa em mim trovão
antes da dúvida ser dita me responde:
Acha mesmo que te quis vivendo em vão?
Lembra dos dias que sonhou enfim ser grande?
Entenda que te chamo grandiosa
porque te reconheço grande mar
o ódio que te fez tão perigosa
é a força que te impede de afogar
e a onda que te leva e traz de volta
é a ginga sobre a qual deve ensinar
e ressignifica tua revolta
razão mais poderosa pra voltar
sobretudo se te reconhece mar,
alcança com respeito profundeza
na superfície espera esta certeza:
A pressa é passível de afogar.
A paz das águas seja teu alento
a sua história seja seu motivo
a calma ao seu lado sempre esteja
se apresse pra manter seu corpo vivo.

Quando eu era criança pensava que um dia as músicas novas iriam acabar. A ideia do infinito não cabia em mim. Milênios de vida dos humanos fazendo combinações de notas musicais na face da Terra; logo, logo e a qualquer momento não haveria como criar o que não tivesse sido criado, mesmo que fosse pelo esforço de qualquer saída melódica, uma nota a menos, uma nota a mais, qualquer tentativa e aquela combinação já estaria esgotada de novidade. Lembro disso quando penso sobre a capacidade infinita da vida de expor os olhos a uma novidade, ou a minha capacidade de sentir de uma maneira única as experiências comuns.

Como na última ida à cachoeira. Foi bom como sempre, mas não foi como sempre. Nunca é. Hoje sou diferente de quem era da última vez que estive lá. E naquele dia eu era outra em relação à anterior. Sendo então uma nova oportunidade de ser tocada, eu e a cachoeira temos mais intimidade.

Na intimidade que estabelecemos naquele dia, a água doce e absurdamente gelada que corria me agarrava pelas pernas, me imobilizava e me desafiava a ficar junto dela. Descia o corpo dentro dela em um movimento lento. Eu e a água gelada, não sei o que sentimos juntas. Não é óbvio. É bravo e incômodo, me faz, ao fim, ir embora dançando de tremer, procurando o sol – que esquenta nas clareiras mas não por tempo suficiente; quer correr pedras abaixo, depois de já ter iluminado tudo o dia inteiro, o problema é meu que cheguei naquela hora. Esse tremor e esse desejo de sol, todos que estavam naquele dia numa cachoeira gelada talvez tenham sentido, mas não sentiram como eu.

Insistem os humanos em criar novas combinações melódicas, não importa quanto tempo passe, porque as experiências humanas são únicas, os criadores vão vendo a vida à sua maneira e percebendo os sons do mundo a seu modo. Diria que compusemos algo novo naquele dia, com as mesmas notas que já tocamos antes, impossível de ser reproduzido por alguém. Com a percussão de meu corpo trêmulo e tudo mais. Nem todos como eu passaram a vida avessos a essa água corrente. Hoje busco entender. Sempre fui corrente oposta. Entro na água gelada e, finalmente lhe dando intimidade, ela agarra meus medos e minhas pernas e reordena minhas correntes. A criança que não suportava a ideia do infinito diria não suportar também tanto frio. O insuportável, penso agora, é hipérbole criada pela nossa fragilidade ansiosa. Sentir frio é, acima de tudo, sentir.

Na Bahia fui saudada pelos amigos com a "paz das águas" diversas vezes. A expressão me pôs reflexiva em todos os anos seguintes. Era como se todos tivessem um segredo que em mim vissem. Como sabiam exatamente que eu precisava dessa paz?

SOBRE LUGARES E ENCONTROS

Certa vez conheci uma pessoa que, no meio de um evento, me abordou e fez o convite para que eu conhecesse em Pinheiral, Vale do Café, no interior do Rio de Janeiro, um quilombo urbano mágico onde se organizava, na ocasião, uma atividade a ser realizada na tradicionalíssima Casa do Jongo, espaço rico em vida, história, cultura, comida e simpatia. Fiquei olhando aquela pessoa que eu não sabia quem era, falando de pessoas que eu também não conhecia, a respeito de um lugar aonde eu nunca tinha ido mas ao qual tinha que ir.

Era sexta, eu usava um vestido branco, e fui por ele tratada com a consideração devida a quem usa branco na sexta. Era como se atribuísse àquele encontro conexões do sagrado. Perguntou-me, por fim, se meu traje branco era por Oxalá. Eu, que não sabia de nada disso, respondi que a escolha do vestido branco tinha sido aleatória. "Aleatória", penso agora, achando graça.

As coisas significam outras coisas mesmo, ainda que não se saiba.

Aceitei o convite. Fui para ser tocada para sempre pela energia da ancestralidade que dança presente na força e beleza do Jongo de Pinheiral.

Ao fim da jornada, não apenas conheci o Jongo de Pinheiral-RJ, mas também o Jongo de Vassouras-RJ na festa da insurreição de Manoel Congo, e me pus a refletir sobre o Quilombo de Santana na minha própria cidade de Quatis com a devida importância e respeito. Grata por tudo, escrevi para meu amigo o poema a seguir.

JONGO

Na roupa

no ponto

no instrumento

no corpo que dança

é viva a lembrança do que se canta.

A roda abriga o casal que roda e que se ri,
    que balança.

Saúda em cortejo o próximo.

Metáfora de vida:

Espera a sua vez, que vem

Solta o corpo ao som que exorta

Gingando o balanço que o mantém

Atento ao machado que corta.

(E, enquanto o solene som toca, reflito sobre o
    símbolo de tudo.)

A honra de estar presente

A graça de ver mantida

A cadência da palma que bate

E a força do grupo que lida.

Saiba que um corpo preto na iminência
De conhecer o jongo e sua maneira
E dispor o seu couro à experiência
De esquentar-se no quente da fogueira

Dos seus pés à cabeça se sente honrado
Pois encontra um caminho natural
Esta alma reconhece o sagrado
Na cadência da dança ancestral

Este corpo tocou e foi tocado
Pela dança e pelo fundamento
Respeitando a rotina do machado
Refletindo, pois, todo elemento

Cada ponto carrega uma memória
Cada roda uma luz de si emana
Cada boca a potente oratória
Canta ancestralidade africana.

Machado!

AVOADA

Pássara, esteja atenta
a asa que o vento venta
ao voo lhe alçará
é pena que passará

Pois pense, tão logo passe
a ave que te ultrapasse
parece que vencerá
é pena que passará

Quem pune, passada a pressa,
é o vento que não regressa
tão logo envelhecerá
é pena que passará.

PRETA BRANCA

Ave senhora de sandália cinza
dança o caminho, e a poeira da rota
gruda no corpo; e a perna precisa
crava seus passos: na ida e na volta

Água nas pernas da bica do entorno
bebe um pouco, joga no rosto
devolve a água que a lágrima entorna
refresca o passo que segue disposto

Vai a senhora que é jovem na idade
Tão seca a pele que a roça maltrata
Prova a beleza que, sem vaidade,
É percebida enquanto se hidrata

Aguda na dor e no acento do ô:
Rota de talho, de coisa rasgada
Talho do corte e do entalhamento
Feita escultura, na queda moldada

Quando estilhaça, à força ajunta
Santa que acende as próprias velas
Aguarda o cortejo que lhe assunta
Ou guie as pernas e as marcas nelas

Que a levem a ela e as suas preces
no céu revelem a branca beleza
pois brilha a poeira em sua preteza
Ruças com cê-cedilha, e não dois esses.

Pernas ruças. De todos os defeitos que inventaram a respeito do corpo, este sinceramente nunca entendi, nem quando tinha menos consciência de que os defeitos do corpo são fabricados de tempos em tempos.

Primeiro de maio, sentamos numa pedra para descansar, eu e minha amiga, da bateção de pé gostosa da roda de jongo no Quilombo de Santana, em Quatis, e nossos pés pretos estavam de outra cor. Pés de poeira de terra vermelha seca, do chão de Santana de Cima. Naquele instante nós duas olhamos nossos pés. "Para que creme" – refletimos juntas. Passamos os dedos naquela superfície empoeirada que nos pintara. Os pés e as pernas ruças significavam que dançamos no compasso do "Kateretê" de lá, do tambor grande e do candongueiro, tocados em conjunto com o grupo visitante Jongo di Volta, da cidade de Volta Redonda, tão gratas por sermos acolhidas na roda naquele dia de festa. Significava que o dia estava bonito, a natureza estava perto. Que logo ia vir a água no pé colorir de novo de marrom nossas pernas.

Pernas ruças me trazem à memória minha mãe com as mãos besuntadas no óleo de cozinha vindo passar nas nossas pernas, minhas e do meu irmão, num tempo em que, crianças, cabíamos juntos na rede pendurada na varanda. Depois de oferecermos as pernas às mãos dela, voltávamos as brilhosas quatro pernas para o pano. Nem mosquito, nem coceira, prosseguíamos em paz a brincadeira. Para que mais poderia servir besuntar as pernas além disso?

Décadas seguintes, já era estagiária do curso de Direito e a outra funcionária da repartição, enquanto folheava uma revista num intervalo, recomendou especialmente a mim um hidratante ótimo para cotovelos ruços. "Maravilhoso", que deixava "lisinho e macio"...

Pela primeira vez na vida refleti sobre a textura e a cor dos meus... Já eram ótimos cotovelos, como são também as pernas, os antebraços e os joelhos, não sabia que lhes faltava algo, que eu os gastava sem cuidado, que estavam precisando de maciez. E cotovelos não são para uso e gozo? Sua beleza não está exatamente na capacidade de exercício pleno de sua função? Fosse para ser liso, não estariam em outro lugar? Fosse para agradar aos olhos, não estariam pelo menos no campo de visão do dono? Pensava que era assim também com os joelhos: marcados e ásperos por terem sido felizes, vividos, plenos.

Volta e meia surgem na mente as frases que devem ser um clichê nas famílias tradicionais brasileiras parecidas com a minha, da tradição do amor e do cuidado: "Volta e passa um creme nessas pernas."

Penso que nossas pernas ruças são nada mais que pernas vividas. No fundo do meu coração, no rol imenso de belezas negras, estão, ao lado de nossos lábios bicolores, nossas pernas e as marcas nelas.

SOCIEDADE É CONSTRUÇÃO
(E O RACISMO É O CIMENTO)

Nunca esqueci Soninha Freitas palestrando
    em bê-a-bá pra tentar explicar a
    complexidade do problema do racismo
    no Brasil. Ela dizia algo como:
Bom exemplo é a construção
pense em paredes de uma residência
tijolos formam a estrutura
com o concreto arquitetura
ganha formato e aparência
Sociedade é construção e o racismo é o cimento
componente estrutural
formador fundamental
do interior e do acabamento.
Nessa fala eu acrescento:
nossa estrutura social foi forjada no sofrimento
houve esforço intencional
atuante, fraudulento,
apoio internacional à tese do branqueamento
descolorindo e repintando
tinta de sangue e caneta

se não branqueou os corpos
alvejou as almas pretas,
impôs ao traço apagamento
resultado: parda, morena, mulata, mestiça,
400 anos de injustiça e a paz se fez mais omissa
que a melanina na sua tez?
Então compreenda de uma vez:
se a tua história te pigmenta
e a sociedade te lê marginal
a necessidade te orienta
a querer justiça racial
mas eu sugiro que seja atenta,
não só cortar o eufemismo
mas lutar por protagonismo no que realmente te
    representa porque se o racismo experimenta
    respeitar a regra geral
é mais cruel pra quem aparenta
quanto mais preta mais desigual
mas há motivo de luta pra todas nós afinal
preferida ou preterida
preta ou parda IBGE
a vantagem auferida
por quem o sistema racista quer

queremos desconstrução
porque tentar sugar cimento
sem romper essa estrutura
é como pôr atadura
em anos de adoecimento
conserto é planejamento
consciência e postura
análise de conjuntura
vontade de conhecimento
Educação...
Educação rima com coisas muito simples
Rima com escolas falando das coisas nossas
mas não só em novembro,
rima com aprender que questão racial
    é esforço coletivo,
que ter medo da polícia não é por acaso
que a propaganda não é inocente,
que se a senhora preta não te olha nos olhos pra
    falar com você, Doutor, é responsabilidade
    sua educar seus filhos pra respeitar os meus
    filhos para que as próximas senhoras pretas
    não tenham esse peso no olhar
Sociedade é construção e o racismo é o cimento

componente estrutural
formador fundamental
do interior e do acabamento.
Tem que haver desconstrução
porque tentar sugar cimento
sem romper a estrutura
é como pôr atadura
em anos de adoecimento
conserto é planejamento,
consciência e postura,
análise de conjuntura
vontade e conhecimento.

Entender o racismo como um fenômeno entrelaçado às estruturas de poder foi um processo tão inovador e valioso que me pareceu na época urgente pensar numa maneira de fazer com que mais pessoas pudessem conhecer aquilo que iniciou para mim a compreensão da complexidade do problema. Alguém finalmente me havia despertado o entendimento de forma palpável, para começar a desenrolar o fio da meada.

Quando a informação chegou nesse molde, ela abraçou uma série de desconfortos, tornando muitas coisas mais nítidas.

A sabedoria de Soninha Freitas, aquela que me explicou isso, naquele momento para mim foi como a mão que arrancou as dúvidas do meu peito e deu-as a mim, em forma de palavras, em minhas mãos para que eu pudesse trabalhar. Antes eu sentia, mas agora eu sabia o que sentia. De todas as revoluções que a educação pode fazer, este presente é o que melhor apoia o crescimento de alguém: contribuir para que o sujeito tome nas próprias mãos o direito de pensar.

A metáfora que ela usou para explicar o racismo na construção da sociedade levou a pensamentos que foram sendo remoídos e redigidos ao longo de meses no poema onde procurei encaixar boas palavras para os sentidos que tinha acabado de aprender. Não era somente poesia, mas uma coisa mais pretensiosa. Resolvi chamar de pedagopoesia.

Muitas lições sobre o mesmo tema foram experimentadas depois disso, inclusive seus contrapontos, e tantas outras questões vêm me arrebatando desde então, todas somadas a essa experiência de compreensão primária, que, depois de redigida em poema, foi sendo veículo de aprendizado para outras pessoas.

COTIDIANO

tomar café

tomar sol

tomar bença

tomar passe

tomar jeito

tomar conta

tomar um banho

tomar um gole

tomar um tiro

tiro não se "toma"
toma sim.

DINHEIRO

Qual a cor dos donos da empresa do carro
    que você quer?
Qual a cor dos donos da marca da roupa
    que você quer?
Qual a cor da pele dos donos – e vamos ser
    realistas –
da loja onde sempre sonhou entrar
    e comprar à vista?
Qual a cor dos donos da ideia do item
    que você ambiciona?
E a cara dos acionistas da marca
    que te impressiona?
Aqueles cuja grana por conta própria
    faz grana e vira grana
de novo, repete essa trajetória
sustenta seu próprio povo,
    preserva sua própria história.

Olha:
O salário do povo preto
as parcelas deste salário
o trabalho do povo preto
o suor que deste trabalho
converte-se em pagamento
e escoa pra um empresário
que ao fim é dono de tudo
que um preto sonha em ter.
Destino da branquitude:
manutenção do poder.

Hegemonia de um grupo
de autonomia atestada
num molde que suga tudo
de quem não tem quase nada

É cristalino o sistema
seu plano de autogestão
vende pra nós o problema
financia a solução

Agradaria aos mais velhos
fazermos a contramão
já que o mais sábio conselho
parte da insubmissão

Se for junto tem fundamento,
tem grana, tem argumento
afroempreendimentos suados
visam a uma missão
num mercado que cospe o negro
que volta à comunidade
obrigado a fazer milagre
da própria informalidade

Assim como a cor do sistema
a regra também é clara
a senha da autogestão
vem impressa na nossa cara

Quanto mais preto o produto
o processo de produção
mais comunitário o serviço
e a sua fabricação

assume-se um compromisso
do apoio ao que vem de nós
dois pretos fazendo juntos
já não caminham mais sós

Estratégica e ancestral é nossa tecnologia
o lugar de onde se vem
tem um mapa e também nos guia
senso de comunidade
    inspira essa autogestão
resgata a ancestralidade no apoio
    ao próprio irmão.

NOTA

Escrevo da perspectiva de quem
desce a rua da própria memória
senta na calçada da própria história
observa e aguarda a condução.
Alguém que chegue
e me retire
dos mesmos trajetos repetidos
traçados dos mesmos pontos
aos mesmos lugares
da prisão da contemplação do corpo
da cor do corpo
do futuro do corpo da cor
da cor de quem trata
    o corpo de quem tem cor
escrevo da perspectiva de quem
enquanto busca avançar
toma nota de que perambula.

———

Existe essa versão silenciosa da opressão que fala pelo olhar, que mira de cima a baixo com desdém e me levava a me apagar da minha representação mais fiel de mim. Essa versão em especial me levou a concluir: se a ideia não for firmemente exposta hoje, trabalhada e sustentada, como eu garanto que os filhos deles não vão rir do meu quando a gente puser pra fora todo dia o orgulho de ser exatamente como nasceu?

Questões que perturbam a cabeça de alguém que nem filhos tem. É que o rebento é gestado antes de tudo na mente, independentemente do resultado do corpo, embora com a certeza de carregar no ventre a esperança da continuidade da ancestralidade que este corpo já sonha e realiza, sonha e realiza, sonha e realiza, só de existir conscientemente vivendo em nome de sua dignidade.

Na mesma medida da consciência de ser mulher de origem africana em diáspora no Brasil, veio assentando a certeza de que era preciso ter companhia. São anos e anos de vida lendo, ouvindo, aprendendo – nos livros didáticos, ficcionais, na televisão, na universidade, na religião, no cinema – tudo a partir de um conteúdo criado, performado e pensado pela perspectiva de um único grupo racial, de quem absorvi essa unilateralidade cultural e para quem eu deveria prestar contas em nome da legitimação de minha vida social. Como consequência, tratei como invisível, inferior, feio ou absurdo todo conteúdo desconhecido e diverso do hegemônico, inclusive aquele que partia do mais profundo do meu ser e se conectava com minha imagem, minha intuição e minha história – geracional, cultural, geográfica.

Ser uma pessoa negra consciente disso tudo e, não obstante, permanecer sendo feliz, no Brasil (assim como no restante do mundo), é tarefa sobre-humana, um trabalho de ressurreição, expressão máxima da superação diária da morte física e simbólica estimulada por todos os lados.

Essas e outras tantas notícias reveladas ao meu corpo através da leitura pesavam duramente as mãos e os dedos. No entanto, finalmente ler o mundo através da perspectiva de autores e autoras não brancos devolvia o sentido das coisas, removia máscaras, explicava a vida e ressituava meu eixo. Intensificava minha busca por fôlego, aumentando proporcionalmente a necessidade de conhecimento. Pensava sempre que, se outras e outros, atravessados por circunstâncias de vida conectadas a essa mesma raiz, criaram condições para a manutenção de seu próprio corpo e de símbolos vivos, eu poderia estar, ao testemunhar seus registros, mais próxima da fonte da vida.

De fato, devorar um texto após o outro, especialmente de autoras negras, me trouxe companhia, me colocou a sonhar e também a admirar meu horizonte de ignorâncias, rudemente ampliado. Tudo que eu sabia ficara tão minúsculo que desafiou minha escrita. Ao mesmo tempo, trouxe a ela um novo sentido: o de registro do trajeto, do percurso desse reencontro comigo, na companhia dessas novas inspirações. Aprendi com os primeiros textos que escrevi que meus processos não são tão individuais. E restou, por também não conseguir parar, a alternativa de sondar e relatar o fenômeno, tão comum a quem lida com a palavra redigida.

TESTEMUNHAS

Sei, vão fazer texto gigante
longas análises e falas
tudo a respeito destas talas
que me imobilizam diante
do "dom" da escrita que espera
afoito como amor na esquina
que eu transforme a dor em rima
desenjaulando enfim a fera.

Desconsideram por preguiça
ou pela paz dos bastidores:
quem se livra de suas dores
não deveria deixar pista.

SOLA

Eu receava soar diferente disso, do incólume.
O pé que encosta no asfalto quente e queima,
que eu já sei que queima
queria que não queimasse, que, se insistisse
    em queimar, ardesse em mim e parecesse,
    a quem me visse andar,
que não queimou.
Que o espaço entre os próprios passos fosse
o refresco suficiente do passo seguinte.
Queria ser, melhor dizendo,
    o próprio asfalto quente,
enquanto também era a força que pisa,
enquanto pisasse flutuasse
    no próprio ardor
que, sendo ao mesmo tempo pé e chão,
não se pusesse coisa alguma
    entre mim e mim
senão o atrito previsto do próprio percurso
que parecesse intrépido também o atrito.

PAPIRO

Penso que nunca estarei confortável
enquanto aqui estrago tudo
torno este território de arte
um território de luto
a folha é branca e eu sou preta
os poemas saem tingidos
do meu barro
feito do meu choro
pingado no meu chão
o desterro de um povo
veio com a terra
de seu próprio enterro.
Quantas rimas ou
coisas muito mais inacreditáveis
faríamos nós num papiro marrom
com a beleza das letras verticais
da língua das mães de nossas mães.

Penso que nunca estarei confortável
enquanto aqui exalo tudo

torno este território de arte
um território de mim
a folha é branca e eu sou preta
os poemas saem tingidos
do meu sugo sagrado
feito da energia ancestral
extrato no meu chão
o desterro de um povo
veio com a terra
de sua própria inspiração.
Quanta riqueza de sentidos
e coisas muito mais inacreditáveis
seremos se lermos o papiro marrom
com a beleza das letras verticais
da língua das mães de nossas mães.

SONETO DA PRECE CONTRA A PREGUIÇA

Basta o momento que quedo sozinha
Vem lenta e cresce, silente, danosa
Entra no corpo maldita jocosa
Sequestra a parca energia que tinha

Toda preguiça é erva daninha
Criando espaço rasteira e folhosa
Culpo metade do mundo, furiosa,
Da responsabilidade que é minha

Como uma pá de areia pesada
Subo exausta e com força a caneta
Arremessando no branco da folha

Podo esta praga com a linha traçada
Com esta prece forjada na letra
Frente ao cansaço a escrita escolha.

ACORDETO DE INSPIRAÇÃO

Arrasta o pano que a linha fura
pedala a máquina com destreza
tece uma vida com sua costura
que encobre a história da realeza.

Tanto da vida já costurada
ainda revela
     por sua postura
por entre a roupa
     encomendada
visível fio de amargura.

Arrasta o pano e a certeira agulha
mirando o pano causa ferida
findo trabalho de que se orgulha
pano de fundo que imita a vida

Toma o tecido como atadura
enrola o dedo, logo prossegue
olha o vestido e o pendura:
satisfação do trabalho entregue.

―――――――――

Entre um soneto e um acordeto pode transcorrer mais que uma noite inteira. Aliás, o trecho longo de uma vida coube. A partir da lição de métrica, um desafio pessoal foi aceito. O exercício matemático linguístico de treinar o poema dentro da grade me remete ao desafio de estudar com sono. A poesia na mente doida pra sair e adormecer plácida no papel sendo contida pelo general Sr. Quatorze Versos. Lê, relê, e a palavra que ficou boa ali tinha uma sílaba tônica no lugar errado. O soneto, alijado pela sílaba tônica equivocada relida pela vigésima vez, grita: "Sentido?" E a Poesia impaciente já querendo mais do que tudo nessa vida "descansar".

A mesma pessoa gentil que me ensinou o cálculo do decassílabo disse anos depois que eu não devia ter me importado com nada disso. Que, de certa forma, a alma do que eu trazia na escrita não merece ficar presa a essa grade. Me detive aí, reflexiva, entre a veneração respeitosa da arte com esse jeito de corretíssima e a vontade genuína de liberdade. A primeira tem na bênção da ciência o aval da qualidade. A segunda precisa confiar totalmente em si mesma. A mim esse enredo remete à experiência da Academia e aos relatos dos irmãos que ali têm suas asas podadas e afiadas pelo rigor dos conformes de quem inventou as regras.

Quanto ao soneto, sou grata por ter entendido e aprendi para desaprender, depois de despertar no meio de um outro, feito para homenagear uma amiga costureira que tanto me ensina sobre amor enquanto me veste. No meio dessa segunda escrita, desisti da chave de ouro que fecha o sentido do texto no soneto para acolher com respeito que áurea vinha sendo a relação que me pôs ali disposta a fazer a homenagem no acordeto, um soneto com ritmo de quem acorda com vontade de viver. Ainda dança com ritmo, mas com liberdade. É como minha amiga, que vai costurando junto da roupa o sentido de seu dom e, apesar dos pesares, entrega o trabalho com satisfação. Não são também as boas poesias como roupas que servem aos outros, independentemente dos dedos feridos de quem as produziu?

POEMA DE ÔNIBUS VENDO PELA JANELA A CHUVA DE MOLHAR MEIA DENTRO DO TÊNIS

São Pedro, choras por alguém?
(Eu não mereço)
Se chove mais além, eu me entristeço
(poxa vida)
Cá pra nós, me diz qual é teu preço
(novena... terço?)
Enquanto tu és são, eu adoeço.

AGOSTOSETEMBROUTUBRO

É o mês mais longo do ano. Como se sabe, num ano que dura 10 meses, ele é composto por 92 dias. A grande vantagem do mês de agostosetembroutubro é que, se você trabalha, receberá seus rendimentos três vezes ao mês, porém, é bom que se saiba, o valor recebido deve ser gasto de maneira responsável pois renderá exatamente como em um mês comum. Os avisos importantes: dia 38, feriado nacional, este ano emenda apenas com o 39, sexta-feira. No dia 73, se você tiver filhos, terá de comprar presentes. Se for devoto, deverá ir à quermesse. Caso não se encaixe nas opções, saiba que o dia 73 poderá ser como o dia 41 ou o dia 18. Um dia que você poderá se pegar tendo muita preguiça de lavar o cabelo, de comprar pão. É o mês do hoje não. Aliás, quando hoje sim, quando criar coragem, deverá colocar um casaco, um guarda-chuva e óculos escuros na bolsa antes de sair todos os dias. É também o mês do nunca se sabe. Poderá ver seus planos de acordar cedo afundarem em seu travesseiro. E, quando não puder fazê-lo, se atrasará. O dia 92, último dia do mês, termina lento, com o atrevimento dos pisca-piscas adiantados, informando a chegada das energias do mês nove (por isso chamado novembro) também conhecido como a grande véspera do mês de Natal.

Depois de um dia inteiro vivido, não é somente o dia que entardece, mas também decanta dentro do corpo areia da ampulheta do dia. Quando a energia da vida baixa, algumas das articulações passam a ser sentidas, e aquela pergunta boba que me ronda de tempos em tempos me faço mais uma vez... Depois de me entregarem as cargas de toda essa desgraça historicamente desenvolvida, depois de me fazerem estudar sobre ela, conhecê-la, dedilhá-la, discursá--la, explicá-la pela milésima vez, quem vai vir aqui, se apiedar do meu corpo cansado e reorganizar o código da vida para que tudo volte aos eixos?

Por gentileza.

E como não veio para aquelas e aqueles antes de mim, também para mim não vem ninguém.

"Levanta você mesma, pega o que dói, depura como queira e dispõe sobre o papel. Volta a si e volta pra casa para encarar a vida uma segunda-feira, uma terça, uma quarta, uma quinta, uma sexta vez."

Quanto mais desenvolve a si mesma, mais instável fica, porém mais pensa que suporta. É como um bom nó num barbante frágil: quanto mais apertam, mais aguenta. Escuta, porém, cada fio de linha se unindo, firmando e esgarçando na força do atado, e se for devagarinho escuta aquele nó apertando, atarracado em si mesmo, que o rumo do nó é pra dentro de si. Enfim, quando não se tem mais para onde entrar em si, já nem libera mais a poeira do atrito do aperto que o feixe de sol iluminava. Logo mais, logo menos, se se atreve a pôr mais força no nó que deu tudo de si, arrebenta-se.

É preciso se benzer para enfrentar o fim do ano. Pôr os sentidos alertas e cuidar das costas, já que logo elas começam a aparentar sentir o peso desse tipo de rotina.

Há muito tempo observo atenta, quando passo de

ônibus, os andarilhos na estrada, encardidos pelo acúmulo de poeira, invisíveis sob suas barbas, suas unhas, suas roupas e suas tralhas. Dissidentes.

Assim como aquela mulher que circula errante no Centro da cidade entre os pontos de ônibus, pedindo dinheiro e falando sozinha, com seu cabelo pro alto, seus seios fartos sob a blusa esgarçada e suja. Incômoda.

O desespero vagaroso dos bêbados.

Os vícios, as mágoas, os roubos das mãos e os rombos do peito. Guardo em mim um certo respeito por qualquer pessoa negra que não suporte o alinhamento imposto.

O que difere meu corpo daquele, senão as circunstâncias ocasionais, pequenos escapes da estrutura. Não fossem esses ventos do acaso voando contra a corrente do caos, seriam meus seios sob uma camisa suja, meu cabelo em desalinho a ser estranhado pelos outros, minha mente perturbada pela consciência do degredo. A noção perturbadora de que a paz existe e está loteada nos cartórios de registro de bens imóveis. Se essa circunstância ocasional me atravessasse, seria então o meu corpo o invisível. Em outro escape, num outro verso que jamais escreveria, seria eu o andarilho. Me pergunto qual a posição mais absurda na roda da vida: a de quem pede 2 reais na rua ou a daquele que tem e diz que não tem.

LUCIDEZ

Quando me perguntam se estou bem, digo:
    estou bem
dividida entre saber, me alimentar e lamentar
Sinto uma saudade estranha de saber
    um pouco menos
ser aquele humano médio que passa
    sem se importar
O caminho da consciência é lugar
    de desassossego,
e hoje a mais banal notícia já me tira do lugar
e a mente perturbada busca o aconchego
lendo de Sueli Carneiro a Morena Mariah.

A quem importa informar a existência de Kush
e que a filosofia grega descende da africana?
A quem importa estudar cosmovisão Yorubá
e refletir Revolução Haitiana?

Qualquer pessoa preta que se abre à consciência
resguarda um certo respeito
por qualquer preto que enlouqueceu.

É preciso estar ciente que a verdade estraga
a ideia de normal que a vida te ofereceu.
Você começa a respeitar o torpor de quem bebe,
de quem fuma, de quem chora
 e de quem sente demais
E aos pouquinhos apreende da vivência
 que a loucura
é de quem espera que a cura venha junto de
 omissão e paciência
quando entende que sua cor te faz parte da base
de um sistema que sem base
 não se teria erguido
compreende a inocência de esperar que os
 instrumentos do opressor
vão ajudar a libertar o oprimido
Existe uma barreira após cada obstáculo
e sobre essa armadilha Aza Njeri vai dizer:
O genocídio é como um monstro grande,
 cheio de tentáculos,
e a certa altura um deles atinge você.

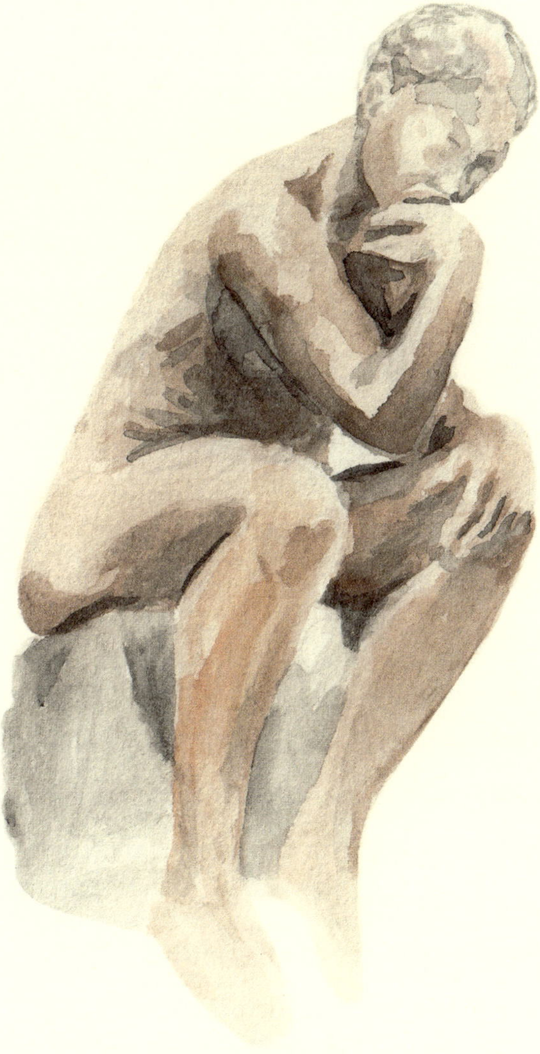

Tem um tentáculo pra preta de roupa mais cara
Tem um que ataca o crespo e a pele retinta dela
Tem um tentáculo que enrosca o corpo todo
    da negra de pele clara e atravessa o peito
    grande dela
O genocídio tem tentáculo pra negra idosa
    atravessada pela ideia de que aguenta tudo
Tem um tentáculo pro negro, que é porteiro,
    segurança e que por ter que trabalhar
    desde cedo não teve estudo.

Tem tentáculo pro preto que ama estudar,
    mas não performa sua revolta,
    então parece afeminado
Tem pra aquele que vivendo intensamente sua
    revolta, já acorda e espera ser exterminado.
Tem o tentáculo pra negra que faz sua faxina
Tem pra aquela que já tá fazendo seu mestrado.

Essa metáfora do monstro nos ensina
    que não tem escapatória pra um racismo
    que é tão bem estruturado.

Aprendi recentemente que vivo no caos,
que é preciso estar lúcida do caos vivido
e é necessário conhecer a nossa história
    não contada,
ter na mente o maior número de livros lidos,
contar em roda essas histórias e ouvir atenta
quem despertou pra lucidez muito antes de nós,
acumular saberes para com sabedoria
providenciar que mesmo longe escutem
    nossa voz
e que essa voz seja de tal maneira articulada
que até quem não viveu ou não entenderia
seja tocado para não só se emocionar,
    mas, de tão desassossegado,
querer se movimentar no dia a dia.
Finalmente estar minimamente organizado
ao conduzir com lucidez toda essa dor
    que a gente sente
Recomendo se benzer pra enfrentar o fim
    do ano
que por vezes, sem notar, marca também
    o fim da gente.

E me perguntam se o que falo é por amor à causa
E vê se eu aceito um amor que me dê tanta azia
Já não dá tempo de ler Angela Davis,
provar que a terra é redonda e colocar
    amor em poesia.

Aliás,
"Ouça-me bem, amor,
Preste atenção
O mundo é um moinho
Vai triturar teus sonhos, tão mesquinho
Vai reduzir as ilusões a pó"
Não ignore a dor
Tenha visão
Você não está sozinho
Vai encontrar mais gente no caminho
Pra dividir o banzo, a raiva e o dó
Eu falo de ilusão e da tristeza que invade
Porque entendo que clareza
    desta nocividade
É o que permite nos reconhecer
    na passividade

Pra resgatarmos todos juntos
　nossa humanidade
E reunirmos energia pra algum dia
　alterar a realidade.

Tenho umas radicalidades que moram no fundo do globo ocular de minha maneira de ver o mundo que podem soar como verdadeiros tiros no pé. Elas me afastariam das pessoas se fossem expostas... E eu tanto quero "dizer certas coisas" quanto quero "dizer as coisas certas" e manter as pessoas por perto. E há coisas duras demais para serem colocadas assim diante do corpo do outro. Vinha achando também que ser radical era só uma manifestação da minha imaturidade, e que se eu desse tempo ao tempo para aprender mais um pouquinho, essa força estranha se dissiparia, pois tive pra mim que é prejuízo ser radical.

　Mas essa raiz é aparentemente inquebrantável aqui dentro. O conteúdo que bebo pra me acalmar só me rega. Será que ainda não dei ao tempo todo o tempo de que ele precisa pra me fazer crescer? O mais interessante é que, apesar de saber a vastidão do que há para aprender, esse papel na gaveta com o timbre da República datado de 1993 insiste em dizer que eu não nasci ontem. Audre Lorde também diz que "a máquina vai tratar de nos triturar de qualquer maneira, tenhamos falado ou não".

Decidi então que a melhor maneira de expor o que penso é por meio desses ritmos. Porque, se tiver que machucar concepções antigas, que a palavra o faça depois de ter entrado e encontrado solo fértil. É essa a paciência do crescer que também carrego. Enquanto amadureço aqui, cresce também o que plantei dentro do outro. Germinada calmamente, ela, que é uma mensagem espinhosa, perfura de dentro pra fora, e assim, quando sai pela boca, já terá feito estrago por dentro. Também tenho minhas ignorâncias, minhas falas mal ditas e meus médicos para marcar. Mas quero manter a certeza de que segui o que o coração sugeriu.

Entre todas essas coisas o amor jogou feixes de seu furor e atrevimento. Tempero leve e constante sem o qual, não há a menor dúvida, a vida não teria gosto algum. De onde vem a ternura que passa seus fios por entre a escrita sobre o caos senão do amor que insiste em transparecer?

    De tempos em tempos, pela manhã na minha cidade alguns funcionários públicos capinam, ainda em meio à cerração, num ritmo compassado da enxada batendo na pedra, entre os paralelepípedos de toda a extensão da rua ou próximo às calçadas, para podar a grama que cresce por entre as frestas. Assim é o amor na escrita sobre o caos: entre as pedras. Rastro de vida insistente, cheio de raiz, que escapa persistente, aparece e marca a paisagem de alguma forma.

A ESCRITA COM AMOR

Da poesia boba se enjoa rapidamente
tanto quanto os próprios poemas
cansam-se logo da gente
vê-se beleza em algo,
    faz-se logo uma poesia
que fala da noite e do dia...
que fala de um cisne no lago...
mas o Poema já sabia:
o humano o mundo vigia
pensa que isso lhe traz alegria
resolve fazer um poema de afago.
Sente-se leve e comprometido
como quem realiza um dever;
dos próprios problemas
    não tinha esquecido
e o humano pensou que podia escrever
só porque nota destaque em algo
na noite de um dia, nadando num lago.
Mas o Poema lhe disse, cortês:
Escreve com amor que retorno eu lhe trago.

O humano pensou que seria sensato
e passou a compor com amor
    dessa vez
e em vez de bobagens insanas
passou a falar de Marias e Anas
e toda barreira se desfez.
Aprendeu uma simples lição:
pode falar sobre o que quiser
mas quando a inspiração vier
escreve com o coração
com todo o carinho
    que um verso requer
e terá cumprido sua missão.

ESPELHO

Estava perfeita.
Sentia isso sem que fosse problema
dizer algo tão completo de si.
Em sua mente
existia um conjunto de
métodos
teoremas
caminhos
que faziam com que
já não pudesse dizer
que faltava beleza
em sua imagem no espelho.
Não podia mais.
Não queria.
Isso ela entendeu em si depois de todos esses
    anos.
Podia achar graça numa ausência de simetria aqui
num efeito do tempo acolá
mas no final
se qualquer sensação não agradou

que se encontrasse outro momento
de humor pra olhar
outro ângulo.
Beleza sempre há.
Aquela que
quando chega a certo momento na vida
entende-se que vale ouro
porque já descobriu que algumas outras
praticamente não valem nada.
As belezas que importam no fim
são sobre encaixe
ou não estão no fim porque são processo.
Ótica.
Dizer que falta algo num registro sincero de si
seria como observar que
num imenso campo florido
cultivado no tempo oportuno
plantado e crescido
com o esforço intuitivo próprio das plantas
e as marcas necessárias do próprio tempo
por fim a pigmentação de uma e outra não está
vermelha o bastante
lilás o bastante.

Ora, está como está, não como se preferia.
O que importa o que se preferia?
As preferências são distrações
causadas pela expectativa do mundo.
Agora ia ser sempre assim
com muita compreensão.
Tudo aqui está como está.

COPO

Sobre este corpo e o que faço com ele
já venho há um tempo tentando praticar
a política da boa vizinhança
do copo meio cheio.
Acordar apertada pra fazer xixi
e decidir pensar: como este corpo é incrível
segurando esta válvula bem fechadinha
até que meus olhos se abrissem
e eu tivesse consciência
    dos meus movimentos.
Estes rins
aguentando firme
mesmo eu tendo a certeza
de não ter bebido água
    suficiente
ao longo de toda
    a vida.
Este corpo é bravo,
é resistente,

um universo complexo e potente
preserva uma habitante que já foi ingrata
e esse tipo de pendência não vai mais
    ter registro nesta pele,
nesta mente.
E quando este corpo tem
a oportunidade de tocar outro
ele faz, por empatia, reverência
e procura ser gentil.
Este outro universo que me toca é bravo
e também aguentou até aqui.
Que direito tenho eu de fazer
    minha convicção
pertencer àquela pele,
àqueles rins,
cujo dono pode ter tido o trabalho
de regar melhor que eu os meus?
Que direito tenho eu sobre o cabelo dele,
sobre o trabalho dele,
o sorriso que não me deu?
Quem autorizou o meu universo
    a julgar o dele

e se me outorgo este poder,
    então por quê?
No mais,
ao que é humano de mim
    e me limita o universo
deito a compreensão
aquela mesma que deito sobre
a minha imaturidade com a vida,
"é parte do processo".
Quando o corpo do outro
    me limita
se permito, me arrependo
peço perdão ao meu próprio corpo
e procuro não incorrer
    no mesmo equívoco
numa próxima vez.

CENÁRIO

A lua crescente,
quando termina o trabalho da noite,
deita de dia na face de quem sorri
com jeito de firmamento...
A mansidão exuberante de um sorriso
faz a lua, com sono,
confundir um rosto alegre
com o céu.

TACITURNA

Se a lua disser
"chega" do teu pranto
e porventura fizer frio
pega um manto
cobre os braços
inibe o arrepio
a lágrima
    teimosa.
Cessa a dor
    se puder
e o torpor se vier
põe no rosto
o desgosto de mulher
antes exposto
faz transposto por um sorriso sequer
dorme assim como quem sonha
sonha sim
como quem quer.

CONTRÁRIA

Há um inferno específico no apaixonamento.
Nada do que é dito é seguro.
Palavras como "nada" e "tudo"
    são as mais desonestas,
exceto as honestas,
ditas quando o coração faz o corpo vibrar sem dó,
fazendo a tradução livre das sinapses.
O sentimento, o indivíduo,
    eu os detesto.
Detestar, no dicionário deste encontro,
é o ato de encostar testa com testa.
Quando aproveita da intimidade
e encosta sua testa na minha
para me explicar de perto,
com os olhos, o que sente,
fico abismada.
Na errata desta carta de despejo
    de meu próprio conforto,
"abismar" é o ato ou petulância de jogar
um corpo organizado como o meu
no abismo desta experiência confusa.

Já nem tenho mais, oh...
Coisa nenhuma que seja nova, disso,
    pra compartilhar.
Deus já oportunizou este esgotamento
a Chico e Bethânia e
noutro momento a Camões.
Isso já foi feito com métrica, com insônia,
    em ebriedade,
no exílio, no cárcere,
na sacada do prédio,
    no parapeito da dor.
Já foi feito e é, na minha humilde e
provavelmente pouco rara opinião
(porque já não deve haver coisa alguma
    rara sobre isso),
superestimado.
Mas ainda assim escrevo sobre
    o que te dei de mim:
minha paz de mente.
Amo tanto e não acredito
    que seja pra sempre.

Não é possível que a existência possa
reservar algo tão perturbador
    pro eterno.
Tomara que passe.
Mas hoje, enquanto lembro de você,
me vem à mente
    a primavera e depois a morte.
Amo tudo que posso,
não há mente que aguente.

O INSTITUTO DO AMOR

O Instituto do Amor,
que Caio Mário não mencionou
nos volumes de *Instituições de Direito Civil*,
é mais um contrato de forma livre.
De letras miúdas
quase sempre não escritas pode
    ser definido como:
direito de ir e vir, com base
    na Constituição Federal...
e uma declaração de vontade
no sentido de permanecer,
com base no Código Civil,
no código de desbloqueio do celular,
no código de um cadeado
e da chave do portão,
e, finalmente,
na expressão da outra parte que,
se tiver sido validamente citada,
torna-se um código de acesso direto
a um denguinho matinal.

FEIRA

A verdade é que quando eu olho pra ela
se houvesse chuva, eu sei que a aura de energia
que ela comporta ao redor
repeliria cada pingo
porque quando ela flutua na direção das frutas
e o dono da barraquinha olha pra ela
eu percebo que ele tem os olhos ofuscados
pela luz que ela comporta ao redor
e que vem de dentro, eu sei.
Ainda assim, quando ela pega as maçãs,
quando ela apalpa o tomate,
eu sei que no fundo, no fundo
ela apenas cumpre com uma habilidade admirável
a mania de escolher com cautela
de qual desses tons de vermelho
vai ruborizar a pele do rosto
enquanto me olhar parada na outra calçada
e perceber que ao mesmo tempo
    eu olhava de volta.

Aí ela vai se assustar por me ver ali
    mais uma vez...
depois ela vai caminhar novamente
com um ar de quem não se importa,
mas eu sei que no fundo, no fundo
na hora de descascar as frutas que comprou
    pela manhã
vai se perder em pensamentos tão dispersos
e na sublimidade de suas reinações
vai me lembrar parada na esquina
acompanhando toda aquela candura
entornar os pés um de cada vez na calçada
    enquanto passa.
Se ela soubesse que eu acordo cedo
    só pra ver isso
aquele princípio de sorriso perdia a vergonha
e ela acenaria, só por simpatia
e eu ia dormir bem mais leve que as sacolas
    que ela carrega.

PÔR DO SOL

Às dezesseis horas o sol está fascinante
lambendo à sua maneira morna
a pele.
Como uma barra
desembrulhada até o colo
ela brilha.
Nem bem pôs-se ali,
já derrete.
Desta vez amaciada
pela mornura do tempo
já não a quebram mais como a um tablete.
O sol tem esse dom
amolece.
Exposta ao calor,
às dezesseis e vinte e cinco
já encontra-se devidamente amanteigada.
É ele próprio quem a prova e aproveita.
Ela deixa.
Dá gosto.

Às dezessete e um bocadinho abre os olhos
pra o ver enfraquecendo no horizonte,
partindo satisfeito.
Algo lhe assopra,
está pronta.
Por dentro gratidão.
Por fora gratinada.

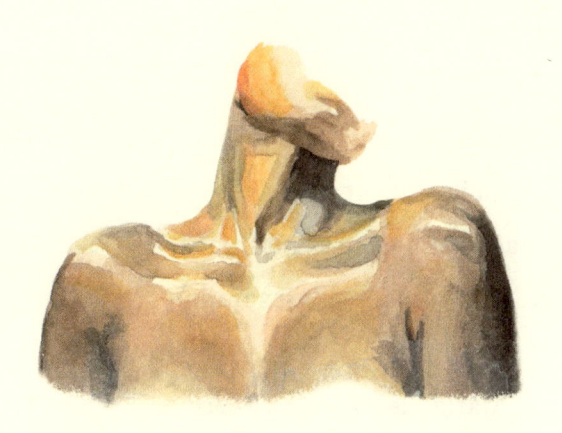

ORAÇÃO DAS TRÊS MARIAS OU LADAINHA DA SENHORA DE SI

Ave, Maria, que hoje aqui passa,
    levanta esse rosto,
milita com sua voz entre as mulheres,
incita o insulto, balança o ventre,
    seduz.
Deixa, Maria, com medo teus fantasmas
    e abusadores
agora jogados à própria sorte, reféns.

Age, Maria, tempera esta massa,
    recheia a seu gosto,
receita é inata entre as mulheres,
mastiga os caroços que jogaram
    entre os angus.
Senta, Maria, descansa os dedos
    calejados das próprias dores,
respira e aponta pra um novo norte,
    e além.

Acalma, Maria, cheia de pressa, caminha conosco
marmita é grande pra enfiar muitas colheres,
se alie a quem entende o peso de sua cruz
tanta Maria com os mesmos erros,
    com as mesmas cobranças e amores
na vida tentando manter o porte.

Em nome de um pai
sumido
e de seu empírico pranto,
Amém.

◆ ESTAÇÃO ◆
BRASIL

ESTAÇÃO BRASIL é o ponto de encontro dos leitores que desejam redescobrir o Brasil. Queremos revisitar e revisar a história, discutir ideias, revelar as nossas belezas e denunciar as nossas misérias. Os livros da ESTAÇÃO BRASIL misturam-se com o corpo e a alma de nosso país, e apontam para o futuro. E o nosso futuro será tanto melhor quanto mais e melhor conhecermos o nosso passado e a nós mesmos.